KB182855

당근의 여왕

당근의 여왕

초판1쇄 발행 2025년 1월 9일

지은이 고수산나
그린이 임종철

펴낸이 임지이
편집 임지이 디자인 박정화 마케팅 김옥재

펴낸곳 ㈜엘도브
출판등록 2023년 6월 28일 제2023-000074호
주소 경기도 파주시 아동로7 4층 다40호
이메일 ailesdaube@gmail.com

ISBN 979-11-990053-0-3 (73810)

ⓒ고수산나 · 임종철 2025

· 이 책의 내용을 재사용하려면 반드시 저작권자와 ㈜엘도브의 동의를 얻어야 합니다.
· 잘못된 책은 구입하신 서점에서 바꾸어 드립니다.

어린이제품안전특별법에 의한 제품표시
제조자명 엘도브 제조국명 대한민국 사용연령 만 8세 이상 어린이 제품

당근의 여왕

고수산나 지음 | **임종철** 그림

엘도브

여러분 중에 혹시 당근마켓에서 물건을 사거나 팔아 본 친구가 있나요? 아마 있을 거예요. 저도 당근마켓으로 거래를 해 본 적이 있어요. 딸의 부탁으로 오만 원짜리 노트북 가방을 산 것이 저의 첫 거래였지요.

채팅을 주고받고 약속 장소를 정하는 것이 두렵고 설레었어요. '만나기로 한 사람이 나쁜 사람이면 어떡하지?' 하고 걱정되다가 반대로 '그 사람이 나를 이상한 사람으로 생각하면 어떡하지?' 하는 걱정도 되었어요. 저 같은 어른에게도 당근 거래를 하는 데에는 용기가 필요했지요.

내가 쓰지 않는 물건을 다른 사람이 잘 쓰거나 사고 싶었던 물건을 싼 가격에 잘 산다면 뿌듯하고 기분이 좋아요. 물론 재사용하는 것이니 환경에도 아주 좋겠지요.

요즘은 초등학생들도 중고 거래를 많이 한다고 해요. 물론 부모님들은 반대하는 경우가 더 많을 거예요. 시간도 뺏기고 나쁜 사람을 만나 위험해지거나 마음의 상처를 받지 않을까 걱정해서겠죠. 저도 어른이 된 딸이 당근 거래를 하러 나간다고 하면 사람이 많은 곳에서, 어둡지 않을 때 하라고 잔소리를 하거든요. 그러니까 굳이 초등학생까지 당근마켓으로 거래를 해야 하나 걱정하는 어른들도 많을 거예요.

이렇듯 당근마켓으로 거래를 하는 데는 장단점이 있어요. 그래서 저는 생각했답니다. 아이들에게 당근마켓의 장단점을 알려 주고 스스로 선택할 수 있게 하자고 말이에요. 못 하게 막기만 한다고 해결이 되지 않는다면 현명하게 사용하는 방법을 알려 주어야 한다고요.

당근마켓으로 거래를 한다면 여러분은 그동안 몰랐던 또 다른 세상에 들어가는 거예요. 그곳에는 좋은 사람,

나쁜 사람, 이상한 사람들이 있을 거예요. 여러분도 그 세상에서 어떤 사람으로 보일지 알 수 없고요. 그 세상이 두렵거나 걱정된다면 들어가지 않아도 돼요. 만약 새로운 세상이 궁금해서 용기를 내고 싶다면 준비를 잘해야 해요.

이 책 『당근의 여왕』이 여러분에게 새로운 세상을 간접적으로 경험할 수 있는 재미있는 안내서가 되면 좋겠어요. 그럼, 친구들과 같이 당근의 여왕을 만나러 가 볼까요?

친구들에게 새로운 세상을 알려 주고 싶은

고수산나

차례

작가의 말

당근의 고수를 찾아라

"엄마, 샀어?"

현관문을 열고 들어온 이준이는 운동화를 던지듯 벗고는 부엌에 있는 엄마에게 달려갔다.

"엄마, 띠부실 샀냐고?"

이준이의 말에 식기세척기를 만지고 있던 엄마가 뒤돌아보며 말했다.

"못 샀어. 이번 주에 그거 사러 두 번이나 온 동네를 다 돌아도 없던데. 그거 꼭 사야겠어?"

엄마의 대답에 서운해진 이준이는 입을 삐쭉 내밀며 책가방을 '쿵' 하고 내려놓았다. 학원 친구 하율이가 띠부실 카드를 잔뜩 늘어놓고 자랑하던 모습이 떠올랐다.

"진짜 구하기 힘든 건가 봐. 도대체 하율이는 어떻게 다 사 모은 거야?"

이준이는 혼잣말을 하며 머리를 긁적였다. 자기가 살 수 없으면 다른 아이도 못 사는 게 맞는데 싶었다.

월요일 아침 진새를 만나기 전까지는 그 비결을 몰랐다.

"이것 봐라. 나 어제 몬스터 한정판 띠부실 샀다? 이거 엄청 희귀템인 거 알지?"

진새의 자랑에 이준이는 홀린 것처럼 진새에게 다가 갔다.

"진새야, 이거 어디서 샀어? 우리 엄마가 어제 편의점 을 세 군데나 갔는데 못 샀다고 했거든."

"나도 편의점 몇 군데 돌았는데 없어서 당근에서 샀어."

"뭐, 당근? 당근에서 어떻게 물건을 사? 당근은 먹는 거잖아."

이준이의 말에 진새와 뒷자리에 앉은 민호가 웃었다.

"쟤 뭐래냐? 너 당근 몰라? 당근마켓 말이야. 중고 물건 거래하는 데."

"우리 엄마가 며칠 전부터 당근마켓에 띠부실 올라오나 계속 보고 있었거든. 마침 누가 판다고 올렸길래 얼른 예약해서 샀지. 겨우 구했어."

"당근마켓?"

이준이가 진새의 말을 듣고도 어리둥절해하자 민호가 답답하다는 듯 말했다.

"그런 앱이 있어. 중고 물건 거래하는 앱."

민호의 말을 듣자 이준이는 그제야 이해가 되었다.

"아, 먹는 당근이 아니구나? 그런데 너희들은 그거 어떻게 알았어?"

"요즘 당근마켓 모르는 사람도 있냐? 애들도 당근 많이 해. 나도 몇 번이나 해 봤는걸."

진새의 말에 이준이는 그저 놀라워 입만 벌리고 있었다.

"참, 우리 반에 당근 거래 엄청나게 잘하는 애 있잖아. 당근의 여왕."

민호가 말을 마치자마자 건너편 자리를 바라보았다. 그러고는 윤아를 턱으로 가리키며 말했다.

"윤아가 당근의 여왕이야. 잘 사고 잘 팔고. 매너 온도도 무지 높을걸?"

"당근의 여왕은 뭐고, 매너 온도는 또 뭐야……."

이준이는 혼자 중얼거리며 윤아를 진짜 여왕이라도 되는 것처럼 바라보았다.

"윤아야, 너 요즘도 당근 많이 하지? 여기 먹는 당근만 아는 초딩이 있다. 네가 한 수 가르쳐 줘야겠어."

민호가 윤아를 부르자 윤아가 씨익 웃으며 말했다.

"내 별명이 당근의 여왕이자 당근의 고수지. 궁금한 거 있으면 뭐든지 물어봐."

이준이는 윤아의 자신만만한 표정을 보며 얼른 대답했다.

"띠부실 구해 줄 수 있어? 편의점에서는 도저히 못 구하는데 진새는 당근마켓인가 오이마켓인가 하는 데서 샀다잖아. 나도 당근마켓에서 사고 싶은데 어떻게 하는지 몰라서……."

이준이는 애원하듯 두 손을 모으며 말했다.

"일단, 원하는 물건이 당근에 올라와야 살 수 있어. 이따 수업 끝나고 찾아봐 줄게. 수업 시간에는 휴대폰 꺼 놔야 하니까."

"좋아!"

윤아의 말에 이준이는 당장이라도 띠부실이 생긴 것처럼 가슴이 뛰었다.

"새것으로 사기 힘든 것도 당근마켓에서는 살 수 있단 말이지?"

이준이는 수업이 끝나면 윤아에게 당근마켓에 대한 모든 것을 배우리라 마음먹었다. 자신이 몰랐던 또 다른 세상을 탐험하는 것처럼 가슴이 두근거렸다.

수업이 끝나자, 아이들이 윤아 곁으로 모여들었다. 이준이만큼이나 당근마켓에 대해 알고 싶어 하는 아이들이 많았다. 당근마켓을 한 번도 이용해 보지 않은 선재도 고개를 들이밀었다.

윤아는 당근마켓 앱을 켜고 이준이가 찾는 띠부실을 검색했다.

"흠…… 없네."

윤아는 휴대폰을 내밀어 당근마켓 판매 목록을 이준이에게 보여 주었다.

"아, 어떡해. 여기서도 팔지 않나 봐."

이준이가 실망하는 표정을 지으며 허탈해했다.

"실망하긴 일러. 판매 완료가 몇 건 있는 걸로 봐서 간혹 올라오는 것 같아. 때를 기다려야지."

"그래?"

윤아의 말에 이준이의 입꼬리가 다시 올라갔다.

아이들은 너도나도 당근마켓 앱을 설치하겠다며 휴대폰을 꺼내 들었다. 그러자 윤아가 의기양양한 말투로 아이들을 쳐다보며 말했다.

"얘들아, 14세 미만은 마음대로 당근마켓을 이용할 수 없어. 부모님의 인증을 받아야 하거든. 그렇게 앱을 설치한 다음에는 자신이 활동할 동네를 정해야 해."

"아……."

윤아의 말에 아이들은 고개를 끄덕였다. 이준이는 야무진 윤아의 말을 잘 들어야겠다고 생각했다.

"내가 그동안 당근마켓에서 산 거랑 판 거 보여 줄까?"

윤아의 말에 아이들은 머리를 둥그렇게 맞대고 윤아의 휴대폰 화면 속으로 빠져들었다. 아이돌 가수 포스터부터 강아지 배변 패드, 머리핀, 작은 수첩, 우산까지 거래된 것이 수십 개나 됐다.

"우아, 이런 것도 파는 사람이 있네?"

"초등학생도 거래하러 나와?"

"윤아, 너 당근으로 돈 많이 벌었어?"

아이들이 질문을 쏟아 내자 윤아는 웃으며 질문이 너무 많다고 손사래를 쳤다. 그때, 이준이가 얼굴을 들이밀며 물었다.

"윤아야, 너는 어떻게 그렇게 당근 거래를 잘하게 됐어? 당근의 여왕까지 될 정도로 말이야."

소란스럽던 교실이 갑자기 조용해졌다. 모두가 윤아의 대답을 들으려고 질문을 멈췄다.

"우리 언니, 오빠가 나이가 많잖아. 언니는 직장인, 오빠는 대학생이거든."

"맞아, 윤아는 늦둥이야."

윤아의 대답에 현서가 알은체했다.

"그래서 언니, 오빠가 당근 하는 걸 많이 봤어. 언니랑 오빠가 내가 당근으로 거래하는 것도 많이 도와줘. 거래할 때 같이 따라 나가고 물건도 같이 봐 주고."

윤아는 신이 나서 이야기했지만 윤아의 대답에 실망하는 아이들도 있었다.

"그럼 나는 누구한테 배워야 해? 난 동생밖에 없는데. 나도 당근 잘하고 싶다고."

"난 외동에 부모님도 맞벌이란 말이야. 가르쳐 줄 사람이 없어. 당근 잘하는 법 책이라도 사 봐야 하나?"

선재와 이준이가 투덜대자 현서가 아이들 사이를 비집고 들어왔다.

"윤아가 가르쳐 주면 되지. 당근의 여왕한테 배워야 제대로 배울 수 있지 않겠어? 윤아야 네가 우리 좀 도와줘, 응? 우리 집 여름 방학 때 이사한단 말이야. 엄마가 그때까지 물건들 다 치우라고 했거든. 팔 물건이 많을 것 같아."

현서가 윤아의 손을 꼭 잡으며 간절한 표정을 지었다. 그러자 선재와 이준이도 윤아 가까이 다가섰다.

하지만 윤아는 휴대폰을 가방에 넣고는 벌떡 일어서며 말했다.

"그런 걸 뭘 배워. 그냥 앱 깔고 하면 되지. 가르쳐 주는 거 피곤해."

윤아의 시큰둥한 대답에 선재와 이준이는 어깨를 으쓱하며 서로를 쳐다보았다.

집으로 걸어가며 선재가 이준이에게 말했다.

"윤아를 좀 졸라 보면 안 될까? 아무래도 경험이 있는 사람이 잘하겠지. 당근의 여왕하고 우리 같은 왕초보하고 게임이 되겠어?"

선재는 아쉬운 듯 자꾸만 교실 쪽을 뒤돌아보았다. 이준이는 그런 선재가 이상했다.

"선재야, 나는 띠부실 사려고 그러지만 너는 왜 그렇게 당근을 하고 싶어 하는데? 너도 갖고 싶은 거 있어?"

"아니, 당근으로 물건 팔아서 돈 벌려고."

선재의 말에 이준이는 깜짝 놀랐다.

"돈? 돈이 필요하면 부모님께 달라고 하면 되잖아?"

이준이는 까치발을 해도 자기보다 더 큰 선재를
올려다보며 말했다.

"친구야, 다 그럴 사정이 있으니 그런 거 아니겠니?"

이준이는 자기 어깨에 팔을 올려놓는 선재를 의아한 표정으로 쳐다보았다.

'이 녀석이 무슨 사고라도 쳤나?'

이준이는 순간 의심이 들었다. 보통 때 같으면 속 시원히 대답했을 텐데, 이유를 말하지 않는 게 이상했다.

다음 날, 선재는 윤아와 현서를 불러놓고 왜 자기가 당근 거래를 해야 하는지 이유를 말하겠다고 했다.

"너, 별거 아니기만 해."

이준이도 끼어들었다.

"그게 말이야. 얼마 전에 엄마, 아빠랑 할아버지 댁에 다녀오는 길이었어. 도로 한가운데에 새끼 고양이가 있더라고. 어미는 차에 치인 것 같고. 그대로 두고 올 수가 없잖아. 그래서 내가 키우겠다고 떼를 썼지."

선재의 부모님도 처음에는 허락하지 않았다고 했다. 생명을 키우는 일에 얼마나 큰 책임이 따르는지 아느냐고, 시간도 돈도 마음도 많이 쓰인다고 했다.

"그래서 내가 책임지고 돌보겠다고 큰소리쳤어. 내 용돈으로 사료도 사고 배변 모래도 산다고. 그건 내가 어떻게 할 수 있을 것 같았거든. 그래서 부모님께서 날 믿어 보겠다고 하셨지. 그런데…… 얘네들이 사고를 치기 시작했어."

"얘네들?"

선재의 말에 윤아가 놀라며 되물었다.

"응, 두 마리거든. 서로 장난치다 컵도 깨고 내 베개도 다 찢어 놨어. 휴, 그러니까 내 용돈으로는 해결이 안 되는 거야. 게다가 키우다 보니 점점 사고 싶은 것도 생기더라고. 캣타워 같은 거. 고양이들이 올라가는 선반 말이야."

선재는 한숨을 쉬면서 휴대폰을 꺼내 새끼 고양이들의 사진을 보여 주었다.

"얘가 알록이, 요기 머리에 얼룩무늬처럼 점 있는 애가 달록이."

아이들은 머리가 부딪칠 정도로 서로 얼굴을 들이밀며 사진을 쳐다보았다.

"와, 정말 귀여워. 알록이랑 달록이!"

"맞아, 반려동물 키우려면 돈이 정말 많이 들어. 나중

에 병원비도 만만치 않아. 예전에 우리도 강아지를 키웠거든. 그때 강아지한테 돈이 너무 많이 들어가니까 우리 언니가 그랬어. 반려동물은 가슴으로 낳아서 지갑으로 키운다고."

윤아의 말에 아이들이 까르르 웃음을 터뜨렸다.

"좋아. 알록달록이 집사를 위해서 당근을 해 보자."

윤아가 결심을 한 듯 고개를 크게 끄덕였다.

"나도, 나도. 집에 안 쓰는 물건들을 팔아서 알록이 달록이 사료 사 줄래."

아이들이 박수를 치며 윤아를 향해 엄지를 치켜올렸다.

"좋아. 우리 넷이서 당근 모둠을 만들자."

아이들은 세상을 바꿀 대단한 단체라도 만들 것처럼 흥분했다.

"그럼, 모둠 이름을 지어야지. 쉬우면서 의미가 있는 그런 이름으로 말이야."

"좋아, 이름부터 지어 보자!"

아이들은 머리를 맞대고 멋진 이름을 떠올리려 애를 썼다.

"당근을 쉽게 한다는 뜻으로 '당근이지' 어때? 영어로 이지(easy), '쉽다'라는 말을 써서. '당근이지'라는 말 그대로 '당근이다'라는 뜻도 가질 수 있고."

가장 먼저 현서가 의견을 냈다.

그 후로 네 명이니까 '네네당근', 마찬가지로 넷이서 하는 거니까 '당근넷' 같은 재미있는 이름이 쏟아져 나왔다.

하지만 마음에 쏙 들지 않아서 망설이고 있는데, 이준이가 의견을 냈다.

"우리 학교가 햇살 초등학교잖아. '햇살 초등학교의 당근'이라는 뜻으로 '햇당근' 어때?"

이준이의 의견에 윤아가 눈을 반짝였다.

"좋은데? 다들 처음으로 당근마켓을 시작하니까 햇당근의 의미와도 딱 어울리는 것 같아."

"맞아, 우리랑 잘 어울리는 이름이야."

아이들도 손뼉을 치며 좋아했다.

"그럼 숙제를 내 줄게. 오늘 저녁때 부모님의 인증을 받아서 당근 앱을 휴대폰에 깔아 와. 그게 가장 기본이니까."

윤아가 선생님처럼 말하자 아이들은 웃음을 터트렸다.

26

"내일이 기대된다. 윤아야, 고마워."

"고마워, 내일 봐!"

햇당근 아이들은 신이 나서 휴대폰을 흔들며 작별 인사를 했다.

아이들은 금방이라도 좋은 물건을 얻고, 필요 없는 물건을 팔아 부자가 될 것만 같았다.

모두가 기분 좋게 교문을 나섰다. 교문 안쪽 은행나무 밑동부터 연두색 새잎이 올라오는 것이 보였다. 햇당근이 시작된 날, 새끼 은행잎도 바람에 손을 흔들어 주었다.

우리들의 당근 클럽, 햇당근

　학원에 다녀온 이준이는 소파에 앉아 휴대폰을 만지작
거렸다. 평소에는 휴대폰을 보고 있으면 시간이 아주 잘
갔는데, 오늘은 부모님의 퇴근을 기다리는 시간이 길게
만 느껴졌다.

　먼저 퇴근한 엄마가 저녁 식사를 준비하려고 할 때부
터 이준이는 엄마를 졸랐다.

　"엄마, 얼른 이것부터 해 줘. 당근마켓 앱을 설치해야
되는데 엄마가 인증해 줘야 한대."

　엄마는 이준이의 말을 귓등으로도 듣지 않았다.

　"무슨 초등학생이 당근마켓이야? 저리 가."

"금방 한다니까. 이거 내일까지 꼭 해야 돼. 숙제라고."

이준이는 엄마의 휴대폰과 자신의 휴대폰을 양손에 들고 엄마를 졸졸 쫓아다녔다.

"아니, 학교에서 당근마켓을 하라고 시켰단 말이야?"

이준이의 말에 엄마가 놀란 표정으로 물었다.

"아 아니, 학교에서가 아니라 친구들끼리 하려고 그래. 엄마가 가입만 시켜 주면 내가 다 알아서 할게."

이준이의 간곡한 부탁에도 엄마는 끄덕하지 않았다.

"어휴, 저리 가."

엄마는 이준이와 휴대폰을 동시에 밀어냈다.

'지금 저녁 준비 때문에 바빠서 그러실 거야. 저녁 먹고 다시 말씀드려야지.'

이준이는 일단 후퇴하고, 좀 이따 다시 말해야겠다고 생각했다. 부모님이 당근마켓 거래를 반대할 거라고는 전혀 생각하지 못했다.

하지만 이준이의 예상은 빗나가고 말았다.

"초등학생이 무슨 당근마켓이야? 세상이 얼마나 험한데 애가 겁도 없이."

"엄마 말이 맞아. 거래할 때 어떤 사람이 나올 줄 알고. 그리고 당근으로 거래하는 게 얼마나 피곤한 일인 줄 알아? 아빠도 몇 번 하다가 이제 안 해. 가격 흥정하는 거, 시간 약속 잡는 거. 그거 보통 일이 아니더라고."

엄마에 이어 아빠까지 반대하자 이준이는 당황했다.

"친구들이랑 같이 한다니까. 당근의 여왕이 잘 가르쳐 주기로 했다고."

윤아의 이야기도 꺼냈지만 소용없었다.

"당근의 여왕인지 공주인지가 잘 가르쳐 줘도 소용없어. 이준아, 그거 할 시간 있으면 학원 숙제나 해. 너 시간이 남아돌아? 뭐 하러 그런 일에 신경 쓰고 시간을 낭비해?"

"그래, 필요한 게 있으면 아빠가 사 줄게. 세상에 얼마나 이상한 사람이 많은 줄 아니? 얼마 되지도 않은 돈 때문에 상처받는다니까."

부모님이 이준이를 타일렀다.

"엄마, 아빠는 내가 뭐만 하려고 하면 무조건 반대부터 해. 못 하게 하는 게 왜 이렇게 많아? 내가 바보야?"

이준이는 답답하고 화가 났다.

"우리가 다 알아보고 너한테 좋은 것만 하게 하잖아. 그런데 왜 쓸데없는 짓을 하려고 해?"

엄마, 아빠도 지지 않았다. 이준이의 목소리가 커질수록 부모님의 목소리도 높아졌다.

"나한테 쓸 데 있는지 없는지 어떻게 알아? 나도 친구들 하는 거 같이 해 보고 싶단 말이야!"

이준이는 씩씩거리며 일어나 방으로 향했다.

자기 방으로 들어가는 이준이의 등에다 대고 아빠가 소리쳤다.

"너를 사랑하니까 걱정돼서 그러는 거야. 그게 뭐 중요한 일이라고 엄마, 아빠한테 이렇게 화를 내냐?"

방에 들어가서도 부모님의 말씀이 계속 들렸다.

벌써 사춘기가 온 것 같다, 필요한 거 있으면 다 사 주는데 뭐가 부족하냐, 그래도 아예 말을 안 하는 것보다는 낫다, 부모가 제일 만만해서 집에서만 목소리가 크다 등등. 일부러 이준이가 들으라고 크게 말하는 것 같았다.

이준이는 책상에 엎드려 씩씩거리며 생각했다. 빨리

어른이 되었으면 좋겠다고, 빨리 커서 내 마음대로 하고 살면 좋겠다고 말이다.

다음 날, 학교에 가는 이준이는 걸음마다 한숨을 쉬었다. 부모님이 반대해서 못 하게 되었다고 말하는 게 창피했다.

'내가 외동이라 부모님이 과잉보호하는 거 아니야? 애들도 그렇게 생각할 텐데.'

하지만 다행인지 불행인지 반대하는 사람이 이준이 부모님만은 아니었다.

"이준이 네 부모님이랑 똑같이 말씀하셨다니까. 세상에 얼마나 이상한 사람이 많은 줄 아냐며 당근 할 시간 있으면 학원 숙제나 빠지지 말고 하라시더라. 내 얘기는 들어 보지도 않고 무조건 안 된대."

현서도 큰 목소리로 부모님에 대해 불만을 늘어놓았다.

선재네 부모님은 경제 교육도 되고 아이들끼리 해 보는 것도 좋은 경험이 될 거라며 응원하셨다고 했다. 친구들은 그런 선재가 부러웠다.

아이들은 급식 시간에 다시 모여 이야기를 나눴다.

"부모님이 반대하시는 것도 당연해. 정말 이상한 사람도 많거든. 오죽하면 당근 거지라는 말이 생겼겠냐?"

"당근 거지? 거지도 당근마켓을 해?"

이준이가 놀라며 물었다.

"아니, 물건값을 터무니없이 많이 깎아 달라고 하거나, 산 지 오래된 물건을 환불해 달라는 사람을 말하는 거야. 팔려고 내놓은 물건을 거저 달라고 막무가내로 우기는 사람도 있고."

"아……."

윤아의 설명에 이준이는 고개를 끄덕였다.

"그나저나 부모님이 반대하실 줄 알고 방법을 좀 생각해 봤어. 한번 들어 봐."

윤아의 말에 아이들은 역시 여왕은 다르다며 윤아에게 시선을 집중했다.

"부모님이 반대하는 이유가 '위험할 수도 있다, 시간을 많이 빼앗기니 공부나 해라'거든. 그럼 부모님을 설득할 방법을 생각해야 해."

"설득할 방법?"

윤아의 말에 현서가 고개를 갸웃거렸다.

"결국 부모님을 설득하기 위해 우리가
햇당근을 만든 거잖아."

윤아는 공책 한 장을 '북' 하고 찢었다.

"부모님이 안심하실 수 있게 햇당근의 규칙을
만드는 거야. 거래할 때는 우리 중 세 명 이상이
참석해야 한다, 물건을 사고팔 때 회원들의 확인을
받는다 등등 말이야."

윤아는 자기가 말한 규칙을 연필로 적어 내려갔다.

"아! 햇당근의 활동 기간을 정하면 어때? 100일만 하
거나, 한 학기만 한다거나. 우리도 언제까지 하게 될지
모르잖아. 우리 중 누가 빠질 수도 있고. 우선, 기간을 정
해서 해 본다고 하면 부모님들도 안심하실 거야."

현서의 말에 선재가 고개를 끄덕였다.

"그거 좋겠다. 그렇게 기간을 정하고 마지막 날쯤 계속
할지 말지를 정하자."

아이들은 좋은 생각이라며 현서를 칭찬했다.

아이들은 공책을 펴고 윤아와 나눈 이야기를 하나씩 적었다. 당근 거래의 장점과 단점을 차례로 쓰고 햇당근의 규칙을 정리했다.

이준이와 현서는 또박또박 글씨를 쓰며 새로운 것을 배웠다. 부모님을 설득할 때는 무조건 떼쓰거나 화내지 말아야 한다는 것, 부모님이 반대하는 이유를 생각해 보고, 그 문제를 해결하는 것이 필요하다는 걸 깨달았다.

공책에 차근차근 적다 보니 부모님에게 할 말이 제대로 정리되는 것 같아 마음이 한결 편해졌다.

햇당근 클럽 규칙

1. 거래할 때는 반드시 회원 세 명 이상이 함께해야 한다.
2. 거래 사진을 올릴 때나 물건을 구매할 때, 회원들이 동의해야 한다.
3. 거래 장소는 학교 앞, 아파트 편의점 앞, 놀이터로 한다.
4. 거래가 끝나면 당근 일기를 작성해서 함께 소감을 나눈다.
5. 학교생활이나 학원 수업 등에 방해가 되지 않게 한다.
6. 햇당근 클럽의 활동은 여름 방학 끝날 때까지 한다.

"일단 이렇게 정하고 더 필요한 내용이 생기면 덧붙이자."

현서의 말에 아이들은 공책에 적힌 내용을 보며 크게 고개를 끄덕였다.

다시 한번 부모님을 설득하기로 마음먹은 이준이는 조금 긴장이 되었다. 이번에도 부모님이 허락하지 않으면 자기만 클럽에서 빠져야 할 수도 있었다.

저녁때, 이준이의 부모님은 이준이가 공책에 적어 온 햇당근의 규칙을 보고는 말없이 서로를 바라보았다.

"절대 위험한 일 없도록 할게. 친구들이랑 같이하니까 괜찮아. 선재 부모님은 그런 경험도 해 보는 게 좋겠다고 하면서 허락하셨대. 당근 일기도 쓰기로 했으니까 그것도 엄마, 아빠한테 보여 줄게. 당근 일기를 보면 우리가 무슨 일을 했는지, 뭘 배웠는지 알 수 있잖아."

이준이가 엄마, 아빠를 보며 차분히 말했다.

"거참, 굳이 이걸 왜 하려는지 모르겠네. 뭐가 도움이 된다고. 사회 경험은 어른이 되어서 해도 늦지 않아. 괜히 마음 상하는 일이 생기면 어쩌려고……."

이준이의 말에 엄마, 아빠는 처음과 같은 반응을 보였다.

"하지만 네가 무조건 하겠다고 떼쓰지 않고, 몰래 하는 것도 아니고, 게다가 친구들과 함께 규칙도 만들고 계획을 세우고 준비하는 모습은 보기 좋네."

엄마의 미소를 보자 이준이는 힘이 났다.

"엄마, 아빠는 늘 나를 미더워하지 않잖아. 이번에는 나 좀 믿어 줘. 나도 스스로 할 줄 알아. 나도 많이 컸다고."

컸다는 게 키를 말하는 게 아니라는 걸 알면서도 이준이는 까치발을 들어 보였다.

"그래, 알았어. 하지만 햇당근의 규칙을 반드시 지켜야 해."

부모님은 조건을 달아 허락했다.

"참 이상해. 애들은 왜 자기가 다 컸다고 생각할까?"

"아직 덜 커서 어디까지 자라야 하는지 모르는 거지."

엄마, 아빠는 큰 소리로 웃으며 말했다.

이준이는 앱을 설치하고 인증을 받느라 그 말이 잔소리인 줄도 몰랐다.

그날 저녁, 선재가 햇당근의 단체 채팅방을 만들었다.

아이들은 대화창에 신나는 표정의 이모티콘을 주르륵
보냈다.

이준이는 그날 밤 침대 위에서 한참이나 생각에 잠겼
다. 아이들끼리 뭘 해 본다는 것에 설레었고, 부모님 말

쓸대로 이상한 사람들을 만날까 봐 두려웠고, 당장이라도 띠부실을 살 수 있을 것 같아 흥분되었다.

현서도 선재도 마찬가지였다. 물건을 팔아 돈을 많이 벌 수 있을 것 같은 기대감에 가슴이 부풀어 올랐다.

윤아는 책상에 앉아 아이들에게 뭘 이야기해 줘야 할지 하나하나 써 내려갔다. 그런 다음 새 공책을 꺼내 두꺼운 펜으로 표지에 '당근 일기'라고 공책 이름을 적었다. 그리고 첫 장을 펴 일기를 쓰기 시작했다.

윤아는 그동안 언니, 오빠의 도움으로만 물건을 사고 팔아서 친구들과 잘할 수 있을지 걱정이 되었다. 그리고 친구들이 자기 말을 잘 따라 줄지도 알 수 없었다. 하지만 윤아는 힘을 냈다.

"나도 나를 못 믿으면 어떡해? 괜찮아, 나는 당근의 여왕이니까. 잘할 수 있어!"

윤아는 일기장의 표지를 손으로 문지르며 자신에게 속삭였다.

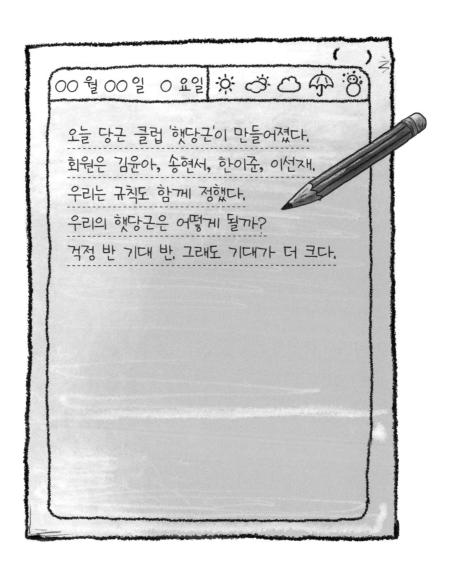

오늘 당근 클럽 '햇당근'이 만들어졌다.

회원은 김윤아, 송현서, 한이준, 이선재.

우리는 규칙도 함께 정했다.

우리의 햇당근은 어떻게 될까?

걱정 반 기대 반. 그래도 기대가 더 크다.

43

당근 여왕의 특별한 비법

"먼저 자기 집에서 쓰지 않는 물건을 찾아 봐. 상태가 좋은 걸로. 팔 만한 것인지 같이 골라 보자."

다음 날 햇당근 아이들은 윤아의 말대로 집을 뒤지기 시작했다. 현서는 어렸을 때 쓰던 가방을 잔뜩 찾았다. 멋 내는 걸 좋아하는 현서는 머리핀과 화장품이 넘치도록 많았다. 쇼핑이 취미이자 특기라고 자랑하면서 친구들과 몰려다니며 산 물건들이었다.

"이사 갈 집으로는 꼭 필요한 것만 가져 가야 해. 그러니까 짐을 줄여."

현서는 엄마의 말소리가 들리는 것 같아 다시 한번 책

상 서랍에서 온갖 스티커와 포토 카드를 꺼냈다.

이준이는 자기 방에서 책상 서랍과 옷장을 뒤졌다. 작아서 못 입는 옷 가운데 깨끗한 청바지와 티셔츠를 골랐다.

선재는 되도록 많은 물건을 팔아야 했다. 먼저, 선물로 받았지만 한 번도 쓰지 않아 포장 상자에 그대로 들어 있는 저금통을 골랐다. 그리고 장식장에서 로봇 피규어도 꺼냈다. 그러면서 피규어를 사 달라고 마트에서 금방이라도 드러누울 것처럼 졸랐던 게 떠올랐다. 선재는 피식 웃으며, 이제는 있는지 없는지 모를 정도로 관심이 없어진 로봇들을 골라냈다.

저녁 식사를 끝내고 아이들은 각자 방에서 자신들이 고른 물건들을 사진으로 찍어 햇당근 채팅방에 올렸다. 그러고는 마치 숙제 검사를 받는 아이처럼 긴장한 표정으로 윤아의 답변을 기다렸다.

 윤아 현서야, 네 가방 사진 말이야. 겉모습만 찍지 말고 안이 어떻게 생겼는지도 찍어 봐. 그리고 물건이 어느 정도 들어가는지 알 수 있게 가방의 크기를 쓰는 게 좋아. 길이를 잴 수 없으면 A4 용지를 나란히 두면 크기를 짐작할 수 있어.

현서 오, 그렇구나. 다시 찍어서 올릴게.

윤아 가방에 흠집이 있으면 그 부분도 찍어서 올려야 해. 나중에 사는 사람이 물건을 받아 보고 속았다고 생각할 수도 있고, 물건을 팔려고 만났을 때, 그 부분을 보고 안 산다고 할 수도 있으니까.

현서 알겠어. 더 자세히 찍을게.

이준 윤아야, 내 것도 좀 봐 줘.

윤아 이준이는 옷은 꼼꼼하게 잘 찍었는데 말이야.

이준 그런데? 난 뭘 고칠까?

윤아 방이 너무 지저분해. 뒤에 쌓여 있는 것들 좀 치우고 옷만 보이도록 찍어 봐. 지저분한 방에서 찍은 옷은 깨끗해 보이지 않아. 사고 싶은 마음이 들지 않는다고.

현서 나도 그 말 하려고 했어. 크크. 네 방 지저분하다고 동네방네 광고할 일 있냐?

선재 앗, 나도 사진 찍을 때 참고해야겠다. 흐흐흐. 내 방도 엄마가 맨날 돼지우리라고 그러거든.

이준 우리 엄마도 그러는데. 난 돼지우리가 어떻게 생겼
는지도 몰라.

아이들은 채팅방에서 한참 동안 수다를 떨었다.

다음 날 아침, 아이들은 평소보다 십 분 일찍 등교했다.
지각 대장이던 선재도 친구들과의 약속 때문에 등교를 서
두르자 엄마는 해가 서쪽에서 떴냐고 선재를 놀렸다.

아이들은 윤아가 가르쳐 준 대로 당근마켓에 사진과
제품 설명, 가격을 등록했다.

"꼭 팔고 싶다면 가격이 너무 비싸서는 안 돼. 적당한
가격을 모르겠으면, 다른 사람들이 비슷한 물건을 얼마
에 올렸는지 확인해 보면 돼."

아이들은 당근마켓에 각자 한 개씩 팔 상품을 등록하
고 제품을 판매할 때 만날 장소로 학교 앞과 아파트 앞
편의점을 적어 두었다.

"수업이 끝나고 보면, 연락이 와 있겠지?"

"아, 빨리 수업이 끝나면 좋겠어. 너무 궁금해."

아이들은 얼마나 연락이 올지 궁금하기도 하고 재미있

기도 했다.

　수업이 끝나고 아이들은 교실 뒤쪽에 모여 기대 반 설렘 반으로 휴대폰을 켰다. 가장 먼저 실망한 건 이준이였다. 이준이의 청바지에는 아무도 하트를 누르거나 댓글을 달지 않았다. 선재의 로봇 피규어도 마찬가지였다.

　"와! 나는 연락이 왔어. 내 가방을 딸한테 사 주고 싶다고 언제 시간이 되냐는데?"

　아이들은 동시에 현서의 휴대폰으로 얼굴을 들이밀었다. 햇당근의 첫 거래가 이뤄질 수 있는 역사적인 순간이었다.

　아이들은 모두가 함께 만날 수 있는 시간을 정했다. 그런 다음 현서는 물건을 사고 싶다는 사람과 몇 번 채팅을 하더니 현서네 아파트 근처 편의점 앞에서 만나기로 약속을 잡았다.

　학원을 다녀온 아이들은 여섯 시가 되기도 전에 편의점 앞에 모였다. 윤아는 학원 수업이 늦게 끝났다며 헐레벌떡 뛰어왔다.

　"살 사람이 곧 온대."

현서가 든 종이 가방이 묵직해 보였다.

"근데 뭐라고 해야 해? 안녕하세요? 아니면…… 당근이세요?"

현서는 긴장이 되는지 종이 가방 손잡이를 비비 꼬며 말했다.

"제대로 말 못 하면 어떡하지? 너희들이 대신 물어봐 줄래?"

"이게 뭐라고 이렇게 떨리냐. 가슴이 막 두근거려."

"잘할 수 있겠지?"

현서는 아무도 대꾸하지 않는데도 혼자서 계속 중얼거렸다.

잠시 후, 저만치서 어린 여자아이의 손을 잡고 오는 아주머니가 보였다. 아주머니는 주위를 두리번거리더니 편의점 문을 열어 보기도 했다. 아이들은 저 사람인가 싶어 서로 눈짓을 했다.

"아니면 어떡해?"

현서가 속삭였다.

"물어봐야 맞는지 아닌지 알지. 어서 물어봐."

윤아가 현서의 어깨를 콕콕 찌르며 말했다.

윤아의 말에 현서는 용기를 내어 아주머니 곁으로 다
가가 물었다.

"저, 저기요. 저기요?"

떨리는 현서의 목소리에 아이들 모두 침을 꼴깍 삼켰다.

"저, 혹시 당근 하러 오셨어요? 가방이요."

현서가 용기를 내어 아주머니에게 물었다.

"어, 맞아요. 어린 학생이 나올 줄 몰랐네. 그래서 현금
으로 달라고 했구나."

아주머니가 웃으며 말했다.

현서가 고개를 끄덕이며 종이 가방을 내밀자, 아주머니
의 딸이 받았다. 그러고는 바로 가방을 꺼내 메어 보았다.

"와, 예쁘다. 맘에 들어요. 완전 새것 같아."

초등학교 1, 2학년쯤 되어 보이는 아주머니의 딸은 가
방이 무척이나 마음에 드는 듯했다.

"지퍼도 열어 봐. 안에 작은 주머니가 세트로 들어 있어."

현서가 지퍼를 열어서 주머니를 보여 주었다.

"와, 주머니도 귀여워요!"

아이가 좋아하는 모습을 보니 현서도 기분이 무척 좋았다.

"자, 여기 가방값이에요. 그런데 만 원짜리만 있고 잔돈이 없네."

"제가 이천 원 준비해 왔어요."

현서는 작은 가방에서 천 원짜리 두 장을 꺼내 아주머니에게 건넸다.

"잘 쓸게요. 고마워요."

아주머니가 손을 흔들자 아주머니의 딸도 손을 흔들었다.

"언니, 안녕. 고마워."

멀어져 가는 엄마와 딸의 뒷모습을 보고 아이들은 그 자리에서 펄쩍펄쩍 뛰었다.

"와, 성공이야. 목소리가 안 나오는 줄 알았어. 어휴, 이제 숨 좀 쉬어야겠다."

현서의 호들갑에 아이들은 자신들도 숨을 참은 것처럼 함께 숨을 내쉬었다.

"나는 현서처럼 씩씩하게 못 할 것 같아. 그래도 너희들이 곁에 있으니 할 수 있겠지?"

이준이는 큰 숨을 내쉬면서 말했다.

"이것 봐. 팔천 원 벌었어. 내가 당근으로 처음 번 돈이야. 물론 더 비싸게 산 가방이지만 거의 안 쓰고 놔두기만 했거든. 와, 재미있다. 이제 안 쓰는 물건은 전부 다 내놔야지."

현서는 흥분한 듯 말을 쏟아 냈다.

아이들도 만 원짜리 지폐를 흔드는 현서를 보며 자기 일처럼 기뻐했다.

"우리 이걸로 편의점에서 아이스크림 사 먹을까? 첫 거래를 축하하면서 말이야. 윤아한테 고맙다는 인사도 해야지. 우리가 다 같이 한 거니까 모두에게 고마워."

현서의 말에 윤아는 싫지 않으면서도 손사래를 쳤다.

"야, 배보다 배꼽이 더 크겠다. 아이스크림값이 더 나오겠어."

"괜찮아, 원 플러스 원 하는 걸로 사 먹으면 돼."

선재가 얼른 편의점 문을 열며 말했다.

잠시 후, 아이들은 아이스크림을 하나씩 먹으며 히죽히죽 웃었다.

"와, 우리 금방 부자 되겠어."

"내 방은 넓어지겠는걸? 쌓여 있는 거 다 팔면 말이야."

아이들의 말에 윤아는 아직 거래가 끝난 것이 아니라고 했다.

"후기도 써야지. 그래야 다른 사람들한테 도움이 되거든. 아마 가방을 산 아주머니도 너에 대한 후기를 쓸 거야. 그럼 네 매너 온도가 바뀌는 거지."

"아, 그렇구나!"

윤아의 말에 현서는 당근마켓 앱을 열어 후기를 쓰기 시작했다.

아이들은 편의점 앞 긴 의자에 앉아서 현서를 지켜보았다.

"자, 당근 일기도 써야지. 거래를 마쳤으니까."

현서는 윤아가 내미는 공책을 받아 들었다.

그날 밤 현서는 당근 일기를 쓰고 부모님께 보여 드렸다. 일기를 읽은 현서의 엄마, 아빠는 웃으며 오늘 같기만 하면 좋겠다고 했다.

이렇게 현서가 기뻐하는 사이 이준이에게는 실망만 쌓

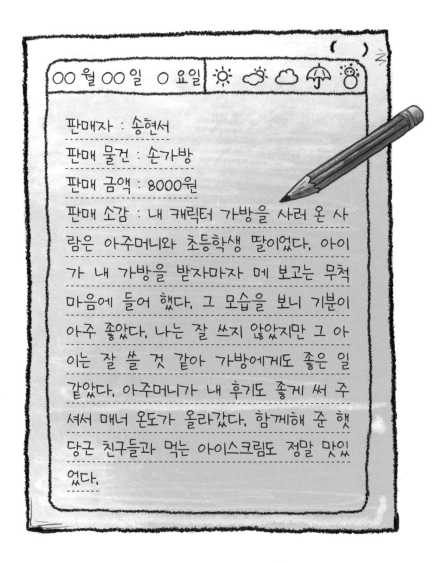

판매자 : 송현서

판매 물건 : 손가방

판매 금액 : 8000원

판매 소감 : 내 캐릭터 가방을 사러 온 사
람은 아주머니와 초등학생 딸이었다. 아이
가 내 가방을 받자마자 메 보고는 무척
마음에 들어 했다. 그 모습을 보니 기분이
아주 좋았다. 나는 잘 쓰지 않았지만 그 아
이는 잘 쓸 것 같아 가방에게도 좋은 일
같았다. 아주머니가 내 후기도 좋게 써 주
셔서 매너 온도가 올라갔다. 함께해 준 햇
당근 친구들과 먹는 아이스크림도 정말 맛있
었다.

여 갔다. 윤아의 말대로 옷 종류는 쉽게 팔리지 않았다.
게다가 사고 싶은 띠부실이 판매 목록에 올라와 있는지

계속 살폈지만 여지껏 소식이 없었다.

그 사이 선재도 로봇 피규어를 팔았고 현서는 가방 하나를 또 팔았다. 현서는 자기가 워낙 싸게 내놓아서 빨리 팔린 것 같다고 했지만, 왠지 이준이를 위로하려는 말 같았다.

"안 되겠어. 윤아 말대로 팔릴 만한 물건을 더 찾아 봐야겠다."

자신의 방을 둘러보던 이준이는 거실도 살펴보았다. 거실에 있는 물건들은 다 지금 쓰는 것들이었다.

뒤 베란다로 나가 보니 안 쓰는 물건이 쌓여 있는 게 보였다. 이준이는 먼지 쌓인 물건들을 하나씩 꺼내 보았다. 은행 이름이 찍혀 있는 치약 세트, 어디선가 사은품으로 받은 머그컵, 포장지도 뜯지 않은 플라스틱 반찬통 세트, 급식실 공사할 때 잠깐 썼던 보온 도시락 같은 것이 숨어 있던 세월만큼의 먼지를 덮어쓴 채 놓여 있었다.

"와, 완전 보물 창고네. 이것들을 다 팔면 얼마나 될까? 알록달록이 사료값으로 많이 보낼 수 있을 거야. 엄마한테 팔아도 되는 건지 물어봐야겠다."

이준이는 거실 바닥에 물건을 늘어놓고 사진을 찍었다.

저녁이 되어 퇴근한 부모님은 거실에 널브러져 있는 물건들을 보고 깜짝 놀랐다.

"어우, 이 먼지 묻은 물건들을 왜 꺼내 놨어? 지저분하게."

"이게 우리 집에 있었다고? 이런 게 있는 줄도 몰랐네."

이준이의 부모님은 얼굴을 찌푸리며 물건을 손가락 끝으로 집어 올렸다.

"아니, 당신 이 등산 용품 한 번도 안 썼어? 완전 새거네."

"바빠서 등산 갈 시간이 없었지 뭐. 쓸 거야, 쓸 거라고. 그러는 당신은…… 이 똑같은 그릇들은 뭐야?"

"이건 산 거 아니야. 사은품으로 받았는데 안 쓰게 되더라고. 얘는 이걸 도대체 어디서 찾은 거야?"

이준이가 꺼낸 물건들을 하나씩 보면서 엄마, 아빠의 목소리가 점점 커졌다. 꾸지람을 하거나 부부 싸움이라도 할까 봐 이준이는 가슴이 조마조마했다. 이준이가 팔아도 되는 건지 물어보기도 전에 엄마, 아빠는 물건을 보며 실랑이를 벌였다.

"이게 다 안 쓰는 물건들이라고? 이렇게 많이 쌓아 두고 살았단 말이야?"

이준이의 부모님은 마치 물건이 스스로 숨어 있기라도 한 것처럼 놀라기도 했다.

햇당근 단체 채팅방에 들어가 보니 현서와 선재네도 마찬가지였다.

선재 우리 엄마는 있는 줄도 몰랐던 물건을 내가 찾아냈 잖아.

현서 우리 아빠는 사 놓고 안 쓰는 손목 보호대, 운동 기 구들을 내가 꺼내니까 막 웃으시더라고. 나 보기 민망하 시대ㅋㅋ 아빠가 알아서 팔 테니까 기회를 달래.

윤아 우리 언니는 옷 사 놓고 안 입는 거 되게 많아. 비싸 서 팔기도 아깝대. 다시는 안 산다고 맨날 큰소리치고는 자꾸 사.

이준 이제부터는 나한테 꼭 필요한 건가 생각해 보고 사 야겠어. 집에서 나온 물건들 보니까 그런 생각이 들어.

윤아 맞아. 사 놓고 쓰지 않는 불필요한 물건들이 많아. 거의 새것 같은 물건도 많더라고.

당근 일기는 벌써 열 페이지가 넘었다. 햇당근 아이들 모두가 한 번 이상 판매와 구매를 해 보았다.

선재는 자신이 판 축구화를 신고 있는 아이의 사진을 받았다. 축구화를 신고 엄지손가락을 치켜들고 있는 사진이었다.

축구 잘하는 형의 축구화를 신어서 좋은 기운을 받은 것 같다는 아이 엄마의 문자도 왔다. 선재는 자기가 오히려 고맙다는 인사를 몇 번이고 했다.

선재가 받은 사진과 문자를 보고 햇당근 아이들은 모두 자신들이 골을 넣은 것처럼 박수를 치며 기뻐했다.

아이들은 신이 났다. 더 많은 물건을 사고팔고 싶어졌다.

별별 사람, 별별 물건

당근의 여왕 윤아는 아이들에게 날마다 비법을 알려 주었다.

"사진은 밝고 흰 배경에서 찍는 게 좋아. 물건이 깨끗해 보이거든. 여러 각도로 찍어서 올리면 더 좋겠지. 선재는 고양이와 함께 물건을 찍어 봐. 동물 사진이 있으면 사람들의 호감을 살 수 있어. 상품을 올릴 때 제목도 중요해. 남자아이 청바지. 이렇게만 올리지 말고 좀 더 구체적으로 쓰는 거지. 초등학교 고학년 겨울에 입기 좋은 청바지. 이런 식으로 말이야. 그리고 내가 이 물건을 산다면 무엇이 궁금할까 입장을 바꿔 생각해 보면 가장 좋

아. 사람들이 궁금해하는 내용을 써서 올리는 거지.”

윤아의 말에 아이들은 얼른 메모지를 꺼내 받아 적었다.

“맞아. 사는 사람이 물건에 대해 잘 알게 되면 살지 말지 결정하기 쉬울 거야.”

글씨를 잘 쓰는 현서는 윤아가 가르쳐 준 비법 중 손편지 쓰기를 적극적으로 이용했다.

짧은 글이지만 편지를 받은 사람 모두가 좋아했다. 좋

제 물건을 사 주셔서 감사합니다.
잘 쓰시길 바랄게요.
좋은 하루 보내세요.

은 후기를 받은 덕분에 현서의 매너 온도는 빠르게 올라갔다.

칠천 원짜리 햄스터 장난감을 사러 햇당근 아이들이 우르르 나갔더니 과자 사 먹으라고 잔돈을 받지 않는 어른도 있었다. 이준이가 끝까지 삼천 원을 받지 않고 돌려주자 아이들끼리 "잘했네, 아깝네" 하며 실랑이가 벌어지기도 했다.

며칠 후, 선재는 글로만 봐도 마음이 급하다는 느낌이 드는 톡을 단톡방에 올렸다.

선재 얘들아, 얘들아! 드디어 찾았어. 우리 알록달록이한테 어울리는 캣타워 말이야. 이거 어때? 새것보다 훨씬 싸.

그러면서 선재는 캡처한 사진도 단톡방에 함께 올렸다.

아이들은 선재가 톡방에 올린 사진을 꼼꼼하게 훑어보았다.

65

캣타워 팝니다.
반려 용품. 끝올 1일 전

거의 새것 같은 캣타워.
저희 집 고양이는 좁은 곳만 좋아해서 내놓습니다.
3단 선반이 있고 조립 가능합니다.

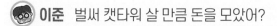 **이준** 벌써 캣타워 살 만큼 돈을 모았어?

선재 너희들이 당근 거래해서 받은 돈을 조금씩 줬잖아. 사료 사라고. 그 돈을 모아 놨거든.

현서 알록달록이가 캣타워를 좋아하지 않으면 어쩌지?

윤아 어쩌긴. 다시 당근에 팔면 되지.

선재 안 쓰게 되면 어쩌나 하는 걱정도 할 필요가 없네. 다들 고마워. 얼른 산다고 연락할게. 너희들 같이 가 줄 수 있지?

윤아 물론이지. 우리 규칙이잖아.

　선재는 그동안 모은 돈을 지갑에 넣고 자전거를 끌고 나왔다. 현서도 짐을 나눠 싣겠다며 자전거를 타고 왔다. 캣타워를 파는 사람은 초등학생들이 나오자 이렇게 큰걸 들고 갈 수 있냐면서 걱정했다.

　하지만 문제없었다. 이준이는 선재의 자전거 뒤에 실은 박스를 잡고 걸었고, 현서는 자전거 앞에 달린 바구니에 나무토막 몇 개를 나눠 실었다.

　혼자였으면 할 수 없는 일들이었다. 어른과 물건을 사

고팔 생각을 하는 것도, 직접 만나서 물건을 사는 것도, 그리고 이렇게 물건을 나누어 들고 오는 것도.

그날 저녁, 선재는 캣타워 위에 층층이 앉아 있는 고양이들의 사진을 단톡방에 올렸다.

선재 가르쳐 주지도 않았는데 알아서 잘 올라가더라고.

윤아 좋아해서 다행이다. 웅크리고 있는 모습이 정말 귀여워.

이준 언제 한번 선재네 놀러 가자. 알록이 달록이랑 놀고 싶어.

현서 나도 알록이 달록이 보고 싶다. 캣타워 안 사 줬으면 어쩔 뻔했어. 저렇게 딱 자리 차지하고 있는데.

아이들은 서로 자기 일처럼 좋아했다. 윤아는 자기 말을 믿고 잘 따라 주는 친구들 덕분에 힘이 났다. 선재는 당근 거래에서 번 돈을 알록달록이를 위해 보태는 친구들이 고마웠다. 이준이는 아이들이 함께 있어 준 덕분에 부끄러워하지 않고 어른들하고도 무사히 거래할 수 있었다.

당근 일기는 벌써 공책의 반 이상이 채워졌다.

이준이는 책장 위에 있던 장난감 로봇을 팔고 당근 일기에 위로의 마음을 담았다.

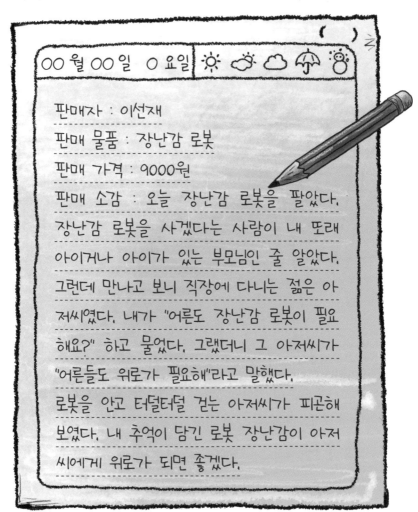

○○ 월 ○○ 일 ○ 요일

판매자 : 이선재

판매 물품 : 장난감 로봇

판매 가격 : 9000원

판매 소감 : 오늘 장난감 로봇을 팔았다. 장난감 로봇을 사겠다는 사람이 내 또래 아이거나 아이가 있는 부모님인 줄 알았다. 그런데 만나고 보니 직장에 다니는 젊은 아저씨였다. 내가 "어른도 장난감 로봇이 필요해요?" 하고 물었다. 그랬더니 그 아저씨가 "어른들도 위로가 필요해"라고 말했다. 로봇을 안고 터덜터덜 걷는 아저씨가 피곤해 보였다. 내 추억이 담긴 로봇 장난감이 아저씨에게 위로가 되면 좋겠다.

윤아는 엄마의 생신 선물을 당근마켓에서 샀다. 박스째 그대로 있는, 포장까진 된 새 화장품을 반값에 샀다며 좋아했다.

이준이는 당근마켓에서 햄스터 먹이를 팔았다. 첫 판매라 신경을 많이 썼는데, 이제 막 햄스터를 키우게 되었다는 사람에게 손 편지도 썼다.

삐뚤삐뚤한 글씨지만 한 자 한 자마다 마음을 담아 꾹

햄스터는 먹이를 너무
많이 주면 안 돼요.
물은 하루에 한 번씩 갈아 주세요.
겨울에는 따듯하게 해 줘야 해요.
한겨울에는 베란다에
내놓지 마세요.

꾹 눌러썼다. 햄스터 먹이를 산 대학생 누나는 이준이의 마음을 알았는지 고맙다고 답장을 해 왔다. 이렇게 정성이 담긴 손 편지는 아주 오랜만이라고 했다.

현서는 중학교 1학년인 오빠의 고민을 당근마켓으로 해결해 주기도 했다.

"엄마한테 혼날 텐데 어떡하냐. 축구하다 교복 바지가 또 찢어졌어. 벌써 두 벌이나 망가뜨려서 더 이상은 엄마가 안 사 준다고 했는데…… 이건 수선도 안 될 거 같아."

머리카락을 마구 헝클며 걱정하는 오빠를 보고, 현서는 얼른 당근마켓에 들어가 물건을 검색했다. 설마 교복도 있으려나 했는데 놀랍게도 오빠 학교의 교복이 나와 있었다.

"현서야, 네가 내 목숨을 구했구나. 당장 연락해 봐. 그 가격이면 내 용돈으로 살 수 있겠어."

이번에 현서는 아이들이 아닌 오빠와 함께 거래에 나섰다. 키가 큰 남학생의 옷이라 수선을 해야 했지만 오빠는 거저 얻은 것처럼 좋아했다. 현서는 아이들에게 오빠의 과장된 말투와 표정을 흉내 냈다.

"오빠가 당분간 나한테 엄청나게 잘할 거야. 알고 보니 새 교복은 무척 비싸더라고. 게다가 또 웃긴 일이 있었는데……."

현서가 웃음을 참으려는 듯 침을 꼴깍 삼키자 아이들은 두 눈을 동그랗게 뜨고 현서를 바라보았다.

"얼마 전에 오빠가 여자 친구한테 차였대. 그러면서 여자 친구가 사귀는 동안 받은 선물을 고스란히 오빠에게 돌려줬나 봐. 고작 한 달 사귀었으면서 여자 친구한테 선물을 많이도 했더라고. 나한테는 짠돌이처럼 과자 하나도 안 사 주면서 말이야. 그런데 오빠가 꼴도 보기 싫으니 그 선물들을 당근마켓에 다 팔아 버리래. 돈은 내가 모두 가지는 걸로 하고 말이야."

"우아, 정말 좋은데? 돈도 벌고 남매 간의 사랑도 커지고."

아이들은 선재의 말에 책상을 두드리면서 웃었다.

한동안 아이들은 당근 거래를 하며 웃기만 했다. 웃을 일만 있었고, 그렇게 계속 웃을 줄만 알았다.

속고 실망하고 상처받고

몇 번 거래에 성공한 선재는 욕심이 생겼다. 물건을 더 많이 팔고 싶었다. 그 돈으로 프로 축구단의 경기도 보러 가고, 좋아하는 선수의 유니폼도 사고 싶었다.

"작아진 축구화는 더 이상 없을 텐데. 또 팔 거 없나?"

선재는 신발장을 훑어보다 휴대용 인덕션이 상자에 담긴 채 놓여 있는 것을 보았다.

"아 맞아, 이거 지난달부터 여기 있었던 거 같은데…….
어디 한번 볼까?"

선재는 얼른 상자를 내려서 자세히 살펴보았다.

"와, 새거잖아? 이건 서로 사려고 할 것 같아."

선재는 윤아가 가르쳐 준 대로 제품의 모델명이 잘 보이게 사진을 찍었다. 상자 포장을 뜯지 않고 새것 그대로 사진을 찍고, 가격은 모델명을 검색해서 나온 것보다 삼만 원 더 싸게 올리기로 했다.

인덕션은 햇당근 채팅방에서도 반응이 좋았다.

🧑 **윤아** 새것은 더 잘 팔려. 괜찮은데?

🧑 **이준** 안 쓰시는 거 맞지? 이렇게 좋은 걸 왜 안 쓰실까?

🧑 **선재** 지난달에도 신발장에 그대로 있었어. 우리 집은 인덕션이 있으니까 휴대용은 안 쓰나 봐.

🧑 **현서** 우리가 팔기에는 너무 비싼 것 같은데. 부모님께 다시 한번 여쭤 봐.

🧑 **선재** 괜찮다니까. 안 쓰니까 신발장에다 넣어 놨지. 두 달 전에도 거기 있는 거 봤어.

당근마켓에서도 휴대용 인덕션은 인기가 좋았다. 더 깎아 달라는 사람도 있었지만, 구매하겠다는 문자가 줄줄이 달려서 그럴 필요가 없을 것 같았다.

선재는 가장 먼저 연락한 사람에게 인덕션을 팔기로 하고, 학원 수업이 끝나는 저녁에 아이들과 다 같이 만나서 거래하기로 했다.

아이들은 두꺼운 종이봉투에 든 인덕션을 번갈아 들며 지하철역까지 갔다. 선재는 땀으로 줄무늬 티셔츠가 등에 딱 달라붙었지만 덥다는 말을 하지 못했다. 같이 들어 준 친구들의 콧잔등에도 땀이 맺혀 있는 걸 보았기 때문이었다.

"이거 팔고 나서 아이스크림 사 먹자."

선재는 미안한 마음에 아이스크림 먹자는 얘기를 두 번이나 했다.

물건을 사러 나온 사람은 나이가 꽤 들어 보이는 아저씨였다. 아저씨도 더웠는지 셔츠의 팔 부분을 돌돌 걷어 올려 입고 있었다.

"너희들이 이거 팔려고 나온 거야?"

아저씨의 표정을 보니 놀라기보다는 기분이 나쁜 것 같아서 아이들은 당황했다.

"네, 네. 마, 맞아요. 현, 현금으로 주세요."

거래 경험이 여러 번 있는데도 아저씨의 표정 때문에 선재는 자꾸만 말을 더듬었다.

"초등학생들이 이런 것도 판다고? 너희들 이거 훔친 거 아니지? 우르르 몰려다니면서 돈 벌려고 못된 짓 하는 거 아니냐고?"

아이들은 아저씨의 말에 고개를 흔들며 뒷걸음질을 쳤다.

"아, 아니에요. 우리 집에서 안 쓰는 거

가져온 거란 말이에요. 우리 나쁜 애들 아니에요. 어떻게
그런 말을 하세요?"

　선재와 아이들은 씩씩거리며 아저씨를 노려봤다.

　"못 믿겠다. 부모님께 전화 걸어 봐."

　아저씨는 아무래도 안 되겠다며 확인을 하겠다고 했다.

　"좋아요, 잠깐만 기다리세요."

　선재는 엄마에게 전화를 하려고
전화기를 꺼내 들었다.

죄지은 것도 아닌데 손이 덜덜 떨렸다.

"엄, 엄마 있잖아. 우리 집 신발장에 예전부터 있던 작은 인덕션 말이야. 나 그거 당근에 팔려고 나왔거든. 근데 사, 사는 사람이 안 믿어. 엄마가 얘기 좀 해 줘."

선재가 스피커폰으로 통화를 했다.

"뭐? 그 휴대용 인덕션? 그거 엄마가 할머니 드리려고 사 둔 거야. 엄마한테 물어보지도 않고 판다고? 너 진짜 혼 좀 나 볼래?"

"지난달부터 있는 거 봤단 말이야. 안 쓰는 거 아냐?"

"이 녀석아. 명절 때 가져가려고 넣어 둔 거야. 당근마켓에 정신이 팔려 있더니 이제 집안 살림 거덜 내겠네. 당장 취소해, 얼른!"

아이들의 시선이 전화기에서 구매자 아저씨의 얼굴로 향했다.

"뭐야? 부모 허락도 안 받고 팔러 나왔다고? 정말 얘네들 겁이 없네. 초등학생이랑 거래했다가 부모가 반대하면 무효가 된다고. 어쩐지 싸다고 했더니."

아저씨는 화가 풀리지 않는지 선재를 노려보며 계속

말을 쏟아 부었다.

"여기까지 차 끌고 왔는데 기름값만 들었잖아. 공영 주차장 주차비까지 나올 텐데. 어휴, 이거 완전히 똥 밟았네."

아저씨는 인덕션을 한 번 보더니 뒤돌아 성큼성큼 사라졌다. 아저씨의 모습이 저만치 멀어지자 아이들은 잔뜩 움츠렸던 어깨를 스르르 폈다.

"뭐야, 이선재. 이게 웬 망신이야? 너 똑바로 알지도 못하고 이러면 어떡해."

"나는 친구 생일 파티에 늦는다고 하면서까지 왔어. 우리 햇당근의 약속을 지키려고 말이야. 그런데 이렇게 욕까지 먹이냐?"

현서와 윤아는 생일 파티에 가야겠다며 손을 잡고 뛰어갔다.

"너는 집에 가면 등짝 스매싱 예약이다. 그래도 팔지 않았으니 다행이라 생각해야지."

이준이는 이미 반쯤 찢어진 종이 가방 한쪽을 잡으며 말했다. 선재는 아직도 혼이 나는 중인 것 같아 아무 말

도 하지 못했다. 마지막에 아저씨가 말한 '똥'이라는 말
만 머릿속에 맴돌았다.

○○ 월 ○○ 일 ○ 요일

판매자: 이선재
판매 물건: 휴대용 인덕션
판매 못함. 그 이유: 팔 수 있는
물건이 아니었다.
내가 느낀 점: 아무 물건이나 팔려고 해서
엄마, 아빠한테 혼났다. 내가 너무 욕심을
부려서 친구들까지 혼나고 망신을 당하게
했다. 친구들이 비싼 물건은 꼭 부모님께 여
쭤보라고 했는데 마음이 급했다. 확실하지
도 않으면서 큰소리를 쳤다.
초등학생이랑 거래하면 부모가 취소할 수도
있다는 새로운 사실을 배웠다. 오늘 밤 내내
똥에게 쫓기는 꿈을 꿀 것 같다.

선재뿐만 아니라 아이들도 그 충격이 며칠은 간 것 같았다. 그러던 수요일 오후였다.

> 🧑 **구매자** 답변이 왜 이렇게 오래 걸려요?
> 잠수 탄 거예요? 이러면 곤란한데. 우 씨.

학교 수업이 끝나고 휴대폰을 켠 이준이는 문자를 보고 기분이 나빠졌다.

> 👦 **이준** 수업 중이어서 휴대폰을 켤 수가 없었어요. 이제 수업 끝나서 연락하는 거예요.
>
> 🧑 **구매자** 뭐야, 중딩이야, 고딩이야? 설마 초딩인가?
>
> 👦 **이준** 왜 갑자기 반말하세요? 물건 파는 데 나이가 무슨 상관이에요?
>
> 🧑 **구매자** 와, 초딩이 겁도 없네. 내가 네 나이 세 배쯤 되니까 반말해도 된다, 왜? 요즘은 초딩도 당근을 하네. 야, 이천 원만 깎아 줘. 다른 데서는 만 원도 안 해.
>
> 👦 **이준** 저도 가격 알아보고 정한 거예요. 가격 조정 불가

라고 쓰여 있잖아요.

👤 **구매자** 와, 초딩이 돈독이 올랐네. 조그만 녀석이 벌써
부터 돈을 밝히냐. 깎아 달라면 "네" 하고 깎아 줄 것이지
건방지게. 확 씨.

이준이는 차라리 문자로 이런 말을 들어서 다행이라고
생각했다. 실제로 만났으면 눈물이 뚝뚝 떨어졌을지도
모를 일이었다. 이준이의 얼굴이 벌게지는 것을 보고 햇
당근 아이들이 다가왔다. 윤아가 이준이의 휴대폰을 뺏
다시피 잡아당겨 채팅 내용을 읽었다.

"이런 사람이랑 상대하지 마. 그냥 얼른 차단해 버려.
계속 험한 말 나온다."

"맞아, 이준아. 차단하고 거래하지 마."

씩씩거리는 이준이에게 현서가 휴대폰을 다시 주며 말
했다.

"나도 이런 적 있었잖아. 약속 장소 잡으면서 초등학생
이라고 하니까 갑자기 반말로 너한테는 안 판다고 하더
니 바로 취소해 버리더라고."

초등학생이라고 돈을 안 받겠다는 사람이 있는가 하면 오히려 함부로 대하며 판매 금액을 마구 깎으려는 사람도 있었다. 거래 장소에 나왔다가 초등학생과는 아예 거래를 안 하겠다는 사람도 있었고, 초등학생이 무슨 당근을 하냐며 혼을 내는 아주머니도 있었다.

"이것 봐. 너희들 이거 기억나지?"

현서가 가방을 내밀었다.

가방을 보자 아이들은 물건을 사러 큰 공원을 가로질러 가던 기억이 났다.

"응, 우리 다 같이 가서 사 온 거잖아. 물건에 이상 없는 것도 함께 확인했는데, 왜?"

윤아의 말에 현서가 가방끈이 떨어진 부분을 보여 주었다.

"그때는 멀쩡해 보였는데 한두 번 멨더니 어깨끈이 떨어진 거야. 다시 보니, 떨어진 부분을 슬쩍 붙여 놨더라니까."

아이들은 윤아가 내미는 가방끈을 이리저리 돌려 보았다.

"와, 이건 사기다. 망가진 것을 붙였구나. 다시 고치기도 힘들겠어."

"사람들 왜 이러냐. 지난번에 나도 고장난 게임기를 속아서 샀잖아."

선재도 얼마 전 일이 생각나 화가 났다.

"남을 속여서 돈을 벌면 좋나? 왜들 이러는 거지?"

"세상에 이런 나쁜 사람들이 있는 줄은 몰랐어."

"정말 너무하네."

아이들은 한 번도 해 보지도, 생각하지도 않았던 일을 여러 번 겪어야 했다.

아이들이 실망하고 속상해할 때마다 윤아가 어른처럼 타일렀다.

"이건 아무것도 아니야. 별일이 얼마나 많이 일어나는데. 세상에는 이상한 사람들이 정말 많다니까."

아이들은 고개를 끄덕였다.

당근마켓에서는 쓰다 남은 아기 기저귀부터 자동차나 아파트까지 사고판다. 속이는 사람이 많다면 이런 물건을 어떻게 사고파는 걸까? 아이들은 도무지 알 수가 없었다. 당근마켓에는 온갖 물건들이 다 있고 세상에는 별별 사람들이 다 있었다.

   얼마 후, 현서가 당근마켓에서 원피스를 팔려다 이상한 사람을 만났다. 아이들은 무조건 나쁜 사람이었을 거라고 했다. 하지만 며칠 후 선재가 축구복을 사려다 오해받고 차단당하자, 원피스를 사려던 사람도 선재처럼 억울하게 오해를 받은 게 아닌가 싶기도 했다.

   아이들은 이런 혼란스러운 세상에서는 우리끼리 더 잘 뭉쳐야 한다고 했다. 그리고 이런 결심이 영원할 줄, 아니 적어도 햇당근이 끝날 때까지는 계속될 줄 알았다.

판매자: 송현서

판매 물품: 원피스

판매 금액: 판매 못 함. 취소함.

내가 느낀 점 : 원피스를 올렸는데 물건을
살 것처럼 계속 문자가 왔다. 처음에는 궁
금한 것이 많은가 보다 싶어 친절하게 답
해 주었다. 그런데 나이를 묻고 원피스를 입
은 사진도 올려 달라고 했다.

햇당근 아이들이 이상한 사람 같다고 당장
차단하라고 했다. 겁이 나 바로 친구들의
말대로 했는데, 나는 구매자가 몇 살 인지,
남자인지 여자인지도 모른다. 혹시 나처럼
초등학생일 수도 있다.

정말 나쁜 사람이었을까? 매너 온도가 높아
서 괜찮을 거라고 믿었는데……, 믿을 수 있
는 사람과 믿지 못할 사람을 어떻게 구분해야
하는지 모르겠다. 어른이 되면 알게 될까?

이준이가 아침에 학교에 오자마자 햇당근 아이들을 불렀다.

"내가 꼭 갖고 싶은 한정판 카드가 있는데 어젯밤에 당근에 떴어. 내가 제일 먼저 사겠다고 했거든. 너희들 오늘 언제 시간 돼?"

"오늘 알록이랑 달록이 병원에 데려가는 날이라서 안 돼. 학원 수업 없을 때 다녀오는 거라서 시간이 안 되는데."

선재의 말에 윤아와 현서도 학원 수업이 있다며 고개를 저었다. 게다가 윤아와 현서가 내일도 안 된다고 하자 이준이는 크게 실망했다.

"그럼 어떡해. 선재랑 둘이 가?"

"안 되지. 우리 규칙은 셋 이상 함께하는 거잖아."

윤아가 딱 잘라 말했다.

이준이는 그새라도 카드가 팔릴 것 같아 불안했다.

"너희들 시간 날 때까지 기다리다가는 놓친단 말이야. 그냥 이번만 규칙을 어기면 안 돼?"

이준이의 말에 윤아와 현서는 안 된다며 반대했다. 한 번 어기면 그다음에 또 어기게 된다고 말이다.

그러자 이준이는 화가 치밀어 윤아에게 소리쳤다.

"나도 내 맘대로 좀 하자. 윤아 네가 대장이야? 가르쳐 달라고 했지, 누가 네 맘대로 하랬어?"

이준이는 말하면서 후회했다. 해서는 안 될 말이었다.

"뭐? 믿고 따를 테니 가르쳐 달라고 사정할 때는 언제고 뭐가 어째? 내가 언제 내 맘대로 했어?"

선생님이 들어오지 않았더라면 더 심하게 말다툼을 했을지도 몰랐다. 반 친구들은 드디어 햇당근이 쪼개진다, 햇당근이 벌써 썩었다며 놀려 댔다.

점심시간에 휴대폰을 켜니 이준이에게 알림 문자가 여러 개 와 있었다. 사려고 하는 사람이 많으니 빨리 연락을 달라는 것이었다. 이준이는 꼭 사고 싶은데 시간이 안 된다며 조금만 기다려 달라고 사정했다.

이준이는 오후 수업을 마치고 아이들을 기다렸지만 다들 자기가 가야 할 곳으로 뿔뿔이 흩어졌다. 윤아는 화가 풀리지 않는지 이준이를 본 척도 하지 않고 가 버렸다.

"쟤들만 아니었으면 진작 샀을 텐데……. 나는 자기들 거래할 때 한 번도 안 빼고 다 따라가 줬는데 말이야. 시간이 없으면 억지로라도 만들어야 하는 거 아니야?"

결국 이준이는 한정판 카드를 놓쳤다. 이게 다 햇당근 때문이라는 생각이 들자 친구들에 대한 원망이 점점 더 커졌다. 이제부터 자기도 친구들의 거래에 함께하지 않겠다고 마음먹었다. 그렇게 화가 났다는 걸 보여 주고 싶었지만 이상하게도 한동안 당근 거래가 없었다. 아이들이 점점 더 바빠지고 더 이상 급하게 사거나 팔 물건도 생기지 않았다.

나 혼자 거래할 거야

여름 방학이 시작되면서 윤아는 가족들과 여행을 떠났고, 선재는 축구 캠프에 들어갔다. 햇당근 단톡방은 마치 원래 없었던 것처럼 조용했다.

함께하려고 서로 맞춰 가는 과정은 복잡하고 힘들었는데 흩어지는 것은 순간이었다.

이준이는 이상하게 마음이 허전했다. 햇당근에서 나가 버리겠다고 혼자서 마음먹은 적도 있었다. 그런데 지금은 아이들이 자기를 잊어버렸나 걱정이 되었다. 하루에도 몇 번씩 변덕을 부리는 이준이의 마음이 엄마 말대로 사춘기 때문인지 알 수 없었다.

이준이는 단톡방의 대화 내용을 위로 쭉 올려 가며 다시 읽었다.

선재가 자기가 판 리듬 악기 세트를 산 사람이 그 물건을 더 비싼 가격에 내놓은 것을 보고 흥분하는 이모티콘을 잔뜩 올린 것을 보았다. 이준이는 진정하라는 뜻으로 물 뿌리는 이모티콘을 보냈다. 윤아는 여왕답게 자기에게서 떠난 물건은 신경 쓰지 말라고 어른스럽게 답글을 달아 놓았다.

단톡방의 예전 대화를 읽다 보니 회원들의 시간이 맞지 않아 거래를 못 한 경우가 몇 번 있었다. 아이들이 안 된다고 참견해서 가지고 싶은 걸 놓쳤다고 투덜대는 현서의 글을 읽으며 이준이는 생각했다. 자신이 처음인 줄 알았는데 아이들도 규칙을 지키기 위해 한 번씩은 포기한 것이 있다는 것을.

이준이가 당근 거래를 하면서 가장 걱정했던 것은 바로 부모님의 "내 그럴 줄 알았다"는 말이었다. "네가 그렇게 속상해할 줄 알았다. 시간 낭비일 줄 알았다. 실수하고 후회할 줄 알았다"라는 반응들. 하지만 적어도 햇당근 친구들과 갈라질 줄 알았다는 말은 듣고 싶지 않았다.

이준이는 용기를 내어 단톡방에 글을 썼다. 예전에는 할 말이 있으면 생각하기도 전에 바로 글을 쓰고 이모티콘을 올리곤 했다. 그런데 이번에는 거듭 생각하며 용기를 내야 했다. 커다란 흰 종이에 가장 먼저 그림을 그리는 사람처럼.

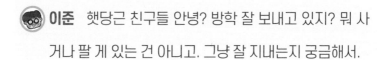

이준 햇당근 친구들 안녕? 방학 잘 보내고 있지? 뭐 사거나 팔 게 있는 건 아니고. 그냥 잘 지내는지 궁금해서.

이준이는 톡을 보내고 떨리는 맘으로 답을 기다렸다. 하지만 아이들이 보지 않는지 이준이의 톡에 쓰인 숫자는 한참이 지나도 그대로였다.

이준이는 휴대폰을 책상 위에 탁 소리가 나게 놓았다. 하루가 지났지만 아무도 이준이의 글을 보지 않았다. 마치 이준이가 아이들에게 보이지 않는 것 같았다.

다음 날 학원에 다녀온 후, 당근마켓에서 알람이 울렸다. 며칠 전에 내놓았던 36색 색연필 세트를 사겠다는 구매자였다.

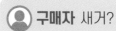 **구매자** 새거?

채팅을 보자마자 이준이는 고개를 갸우뚱거렸다.

'처음부터 반말을 하네? 색연필을 내놓아서 초등학생
이라고 생각한 건가?'

이준이는 바로 답장을 보냈다.

 이준　네, 한 번도 쓰지 않은 새것입니다.

 구매자 만나는 곳 알고 싶다. 언제?

묘하게 불편한 말투에 이준이는 답하는 것이 망설여졌
다. 하지만 아이들에게 당당하게 이야기하고 싶었다. 너
희들이 그렇게 해도 나 혼자 잘 해냈다고.

이준이는 거래를 하기 위해 원하는 장소를 말했지만 구
매자는 모르는 곳이라고 했다. 그러고는 자기가 아는 공원
의 화장실 앞에서 만나자고 했다. 시간도 이랬다저랬다 하

며 자꾸 바꾸었다. 이준이는 답장도 한참 있다 하는 구매
자가 영 믿음직스럽지 않았다.

> **구매자** 내가 시간이 마음대로 할 수 없다. 부탁해요. 꼭
> 사고 싶어.
>
> **이준** 알겠어요. 그럼 이따 오후 여섯 시에 공원 화장실
> 앞에서 만나요. 시간 약속 꼭 지키셔야 해요.

이준이는 색연필 세트를 사겠다는 사람과 나눈 채팅을
캡처했다. 그리고 순서대로 당근마켓 단톡방에 주르르
올렸다.

> **이준** 이 사람이랑 색연필 세트 거래하기로 했어. 너희
> 들이 단톡방 내용을 안 보니까 나 혼자 가서 거래할게.
> 너희들은 이제 햇당근 활동을 안 하는 것 같아서 말이야.
> 상대방이 좀 이상한 것 같긴 하지만, 저녁이고 사람 많은
> 공원인데 별일 있겠냐.

이준이는 스스로에게 하는 말을 마지막에 써 넣었다. 이준이는 이 모든 게 친구들 때문이라고 애써 생각했지만, 마음이 영 개운치 않았다. 친구들과의 약속뿐 아니라 햇당근의 규칙을 잘 지키겠다는 부모님과의 약속도 어기는 셈이었으니까.

이준이는 벽에 걸린 시계를 한 번 쳐다보았다. 여섯 시가 되는 것이 두려워지기는 처음이었다.

약속 시간이 가까워지자 이준이는 색연필 세트가 든 종이 가방을 들고 공원으로 천천히 걸어갔다. 여섯 시가 지났는데도 상대방은 나타나지 않았다.

 이준   저 왔는데요, 어디세요?

상대방은 답이 없었다. 문자를 보지도 않는 것 같았다. 십 분이 넘자 이준이는 가 버릴까 생각했다. 하지만 진짜 색연필이 필요한 사람일지도 모른다는 생각이 들었다. 갈까 말까 망설이는 동안 이십 분이 넘게 지났다.

답답해서인지, 갑자기 앞이 뿌옇게 보이는 것 같았다. 이준이는 안경을 벗어 티셔츠 앞부분으로 닦았다. 그런 다음 다시 써 봐도 뿌옇게 보이는 건 마찬가지였다.

이준이는 화장실 안을 흘끗 보았다. 혹시 나쁜 사람이 어디선가 자신을 확 낚아채어 화장실로 끌고 가는 건 아닌가 무서웠다. 어깨가 저절로 움츠러들고 다리가 달달 떨렸다.

'괜히 나왔어. 친구들이랑 엄마, 아빠하고 한 약속을 안 지켜서 벌 받으면 어떡하지? 지금이라도 그냥 갈까?'

누군가가 이준이의 마음을 잡고 이리저리 마구 흔들고 있는 것 같았다.

그때였다.

"이준아!"

귀에 익은 아이들의 목소리가 들렸다. 윤아, 현서, 선재 가 이준이를 향해 뛰어오고 있었다.

"어, 너희들이 웬일이야?"

이준이는 너무나 반가워 하마터면 친구들을 끌어안고 울 뻔했다.

"단톡방 보고 걱정돼서 왔지. 내가 보낸 톡 못 봤어?"

윤아가 자기 휴대폰을 꺼내 들며 말했다.

"너희들이 내 톡을 안 보길래. 안 보는 줄 알고. 그냥 나 혼자."

이준이는 말하는 순서를 잊어버린 사람처럼 중얼거렸다.

"나는 비행기 안이었어. 현서는 이삿짐 정리하느라 정신없었고."

"나는 축구 교실에서 휴대폰 거둬 가서 못 봤지. 집에 오는 길에 단톡방 보자마자 애들한테 전화한 거야."

"너, 규칙 안 지키고 이렇게 혼자 거래하기 있어? 우리를 못 믿은 거야?"

"맞아. 우리는 아직도 햇당근 멤버잖아. 함께해야지."

아이들은 아직도 숨을 헐떡이며 얘기했다.

"아, 그랬구나."

이준이는 친구들의 말을 들으며 활짝 웃었다.

"그런데 구매자가 좀 수상해. 말투가 이상하잖아. 위험한 사람 아닐까?"

"맞아. 닉네임도 '웅'이 뭐야. 장소도 화장실 앞이고. 나

뻔 사람일 것 같아."

"그냥 가자. 이 거래는 우리가 허락하지 않았을 테니까 취소해야 해."

선재가 이준이의 손을 잡아끌었다.

그때였다. 멀리서 누군가 뛰어오는 게 보였다.

회색 작업복을 입은 외국인 남자였다.

"헉헉, 색연필? 미안해요. 많이 늦었어."

아이들은 외국인 남자를 보고 잠시 말이 없었다. 반말

과 존댓말이 섞인 이상한 말투가 이해되는 순간이었다.

아저씨는 여전히 어색한 말투로 여기 화장실만 와 본 적이 있고 다른 곳은 잘 모른다, 공장에서 일하는데 퇴근 시간이 좀 늦어졌다는 설명을 열심히 했다. 기다려서 화 가 났던 마음은 의심해서 미안한 마음으로 바뀌었다.

이준이의 색연필을 받은 아저씨는 만 원짜리 한 장을 내밀었다. 다음 달에 미얀마에 있는 딸에게 갖다 줄 거라며 좋아했다. 딸 사진까지 보여 주며 그림을 잘 그린다고 자랑했다.

"어, 집에 안 쓰는 크레파스도 있는데 가져올 걸 그랬어요."

이준이는 덤으로 주려고 마지막까지 넣었다 뺐다 했던 크레파스를 떠올렸다.

"아니, 아니다. 이거 아주 좋아요. 새거 가격 비싸요. 딸이 그림 많이 그릴 거예요."

아저씨는 종이 가방을 가슴에 안으며 세상에서 가장 행복한 사람처럼 웃었다.

아이들은 돌아오는 길에 이준이의 당근 일기가 기대된다고 했다. 이준이도 색연필을 산 아저씨의 웃음을 닮은 미소를 지었다.

또 다른 당근 일기가 생길까?

"우리 진짜 거래 많이 했다. 이렇게 써 놓으니까 하나 하나 다 생각나네."

아이들은 당근 일기를 훑어보며 기억을 짚어 나갔다.

개학 전날, 햇당근 아이들은 학교 앞 분식집에 모였다. 햇당근의 마지막 날이기 때문이었다.

"그러게. 한 학기 내내 바빴던 것 같아. 당근 거래 때문에 시간이 아주 빠르게 지나갔어."

아이들은 표지가 구겨지고 속지가 접히고 때가 탄 당근 일기를 한 번씩 쓰다듬었다. 마치 한 학기를 잘 해낸 자신들을 쓰다듬는 듯했다.

"사람들 때문에 기분 나쁘고 상처도 받았지만, 또 사람들 때문에 기분이 좋기도 했어. 나는 색칠공부 책 사러 온 내 또래 아이가 가장 기억나. 치매 걸린 할머니를 위해 사러 나왔었잖아."

아이들은 머리를 양 갈래로 땋은 여자아이를 동시에 떠올렸다. 아기 때부터 자기를 키워 준 할머니가 자신을 못 알아본다고 울먹거렸던 아이였다. 덕분에 아이들도 함께 눈물이 났다.

"나는 휴대폰 케이스 사러 온 할아버지가 생각나. 우리가 휴대폰에서 사진 캡처하는 법, 단톡방에서 알림 소리 안 나게 하는 법 같은 거 가르쳐 드렸잖아. 할아버지가 우리의 친절한 마음에 감동받고 많이 배웠다고 하셨지."

"맞아. 나도 기억나. 어른들이 우리 같은 애들한테 배운다니 말이 안 된다고 생각했거든."

당근 거래를 하는 동안 속상한 일도 많았는데, 지나가고 보니 마음에 남는 건 모두 고맙고 감동적인 일들이었다.

"그동안 우리를 잘 이끌어 줘서 고마워, 윤아야."

현서가 윤아의 어깨를 끌어안으며 웃었다.

"맞아. 윤아가 아니었으면 잘할 수 없었을 거야. 나는 물건도 못 팔고 사기만 당했을 수도 있어."

이준이의 말에 윤아와 현서가 크게 웃었다.

"햇당근 덕분에 알록이 달록이를 잘 키웠어. 너희들이 당근에서 번 돈을 보태 줘서 캣타워도 사고 예방 주사도 맞혔잖아. 이제 너희들 도움 없이 잘 키워 볼게."

선재는 최근 모습이라며 제법 큰 노란색 줄무늬 고양이와 얼룩무늬 고양이의 사진을 보여 주었다.

"아, 그런데 나 또 돈 벌어야 해. 이 녀석들이 덩치가 커지니까 부수는 물건도 커졌어. 이번에는 우리 아빠 면도기를 떨어뜨려서 박살 냈다니까. 욕실 타일까지 깨졌으면 집 공사까지 할 뻔했지 뭐야. 정말 너희들은 어디 가서 고양이 데려오지 마라."

선재의 말에 아이들이 놀라서 소리를 질렀다.

"그렇게 교육을 잘 시켰어야지."

"반려동물 상담가를 찾아가."

"은혜를 모르는 고양이들 같으니라고. 어, 아닌데? 고양이는 원래 은혜를 잘 갚는다던데."

아이들이 한마디씩 더하는 바람에 가게 안이 소란스러워졌다. 그러다 갑자기 조용해진 건 윤아가 이제 한 학기가 끝났으니 자기는 햇당근을 그만두겠다고 얘기한 직후였다. 2학기부터 학원을 한 개 더 다니게 되었다며 한숨을 쉬었다.

하지만 현서는 입장이 달랐다.

"이사한 집에 꼭 필요한 물건이 몇 가지 있어. 그래서 당근을 계속하고 싶은데……. 선재 너는?"

"난 축구부 수업이 많아져서 시간 내기 어려울 것 같아."

"이준이 너는?"

이준이는 자신을 쳐다보는 아이들을 차례로 보았다.

"나는 솔직히 잘 모르겠어. 하고 싶은 마음 반, 그만두고 싶은 마음 반이거든. 당근 거래 때문에 기분 나쁘고 속상한 일이 많았어. 당근 거래를 하지 않았다면 겪지 않았을 일들 말이야. 부모님은 아직도 시간 낭비라고 못 하게 하셔. 몇 천 원 때문에 휴대폰을 너무 많이 본다고. 그런데 내가 당근 거래를 한 건 돈이랑 물건 때문만은 아니었거든. 부모님이 못 하게 하는 걸 하고 싶었어. 나도 혼자 잘할 수 있다는 걸 보여 주고 싶었지."

이준이의 말에 선재가 어깨를 툭 치며 말했다.

"오, 사춘기의 반항인가?"

이준이는 픽 웃으며 선재를 흘겨보았다.

"당근 거래를 하면서 실수도 하고 스트레스도 많이 받았어. 근데 내가 모르던 세상을 알게 된 것 같아. 별별 사람들을 다 만나 봤잖아. 물론 어른이 되면 더 많은 사람을 만나겠지만 말이야."

"이준이 말이 맞아. 나도 물건을 사고팔면서 세상이 이렇게 돌아가는구나 하고 느꼈거든. 서로 다른 사람들이 어울려서 살고 있는 느낌이랄까?"

현서의 말에 이준이는 바로 그거라며 맞장구를 쳤다.

"나는 내 시간을 빼앗기는 것 같아 시작할 때 망설였잖아. 그런데 너희들과 한 학기 동안 어울려서 좋았어. 가끔 어긋나기도 했지만 약속을 지키려고 노력도 하고. 우리가 서로를 믿고 도왔다는 것이 참 좋았어."

윤아의 말에 선재는 역시 여왕다운 소감이라며 물컵을 머리 위로 들고 바치는 시늉을 했다.

하지만 결국 햇당근은 해체하기로 했다. 두 명은 안 될 것 같다고 했고 한 명은 반반이기 때문이었다.

당근 일기를 누가 보관하느냐에 대한 의견도 한참 동안 나눴다. 아이들은 채팅방까지 없애면 서운할 것 같다며 채팅방은 그대로 남겨 두자고 약속했다.

2학기가 시작되고 아이들은 저마다 바쁜 이유가 생겼다. 학교에서 날마다 만나니 따로 채팅방에 글을 올릴 필요가 없었다. 가끔 아이들의 요청에 선재가 알록이 달록이 사진을 올릴 때만 단톡방 알림이 요란하게 울렸다.

단풍이 꽃처럼 붉어지기 시작할 무렵이었다.

이준이가 자기가 그린 그림이라며 A4 용지 몇 장을 학교에 가져왔다. 고양이 그림과 이준이가 키우는 햄스터 그림이었다.

"어, 이거 알록이 달록이잖아?"

선재는 고양이들을 금방 알아보았다.

"와, 정말 잘 그렸다. 고양이 얼굴 좀 봐."

아이들이 모여들어 그림을 구경했다.

물건을 떨어뜨리고 놀란 알록이의 표정이 우스꽝스러웠고 소파 꼭대기에 올라가 늘어져 있는 달록이의 능청스러운 표정도 재미있었다.

"이거 어떻게 그렸어? 선재네 집에 갔을 때 봤던 걸 그린 거야?"

윤아의 물음에 이준이는 고개를 저었다.

"움직이는 걸 보고는 이렇게 못 그려. 선재가 보내 준 사진을 보고 그린 거야."

"그렇구나. 어디서 본 것 같더라니. 정말 멋지다."

현서도 고개를 끄덕이며 이준이에게 칭찬을 늘어놓았다.

"이준아, 이거 나 주면 안 돼? 우리 집에 붙여 놓게. 우리 부모님도 정말 좋아하실 거야. 우리 막내들 초상화라고 말이야."

선재는 이준이가 그린 고양이 그림을 들고 이준이의 엉덩이를 밀며 의자에 끼어 앉았다.

"어휴, 저리 가. 줄게."

이준이는 선재에게 밀려서 엉덩이를 의자에 반만 걸치고 대답했다. 그때 진새가 휴대폰을 내밀며 말했다.

"이준아, 우리 집 코코도 좀 그려 줄래? 예전에 그림 카페에 가서 돈 내고 그린 것 좀 봐. 마음에 안 들어. 그런데 네가 그린 건 개성이 강하면서도 비슷한 느낌이 들거든. 집에다 붙여 놓고 싶어."

진새의 휴대폰 쪽으로 아이들의 얼굴이 우르르 몰렸다.

"이준이 그림이 더 재미있고 좋다. 이준이가 그린 그림은 돈 받고 팔아도 되겠어."

"사진이랑 그림이랑 느낌이 정말 다르네. 우리 집 강아지도 사진은 많이 있는데 이렇게 그림으로 하나쯤 가지고 싶어."

아이들의 칭찬에 이준이의 얼굴이 빨개졌다.

그 순간 현서와 윤아는 서로를 쳐다보았다. 서로가 같은 생각을 하는 걸 알고는 눈이 반짝였다.

"그러니까 이준아, 사진만 있으면 이렇게 그린다는 거잖아."

"이거 주문 받으면 그리는 데 얼마나 걸려? 너 미술 공부에 도움이 되는 일 하고 싶지 않아?"

"얘들아, 너희들 이런 그림 얼마면 살 것 같아? 삼천

원? 오천 원?"

아이들을 향해 쉬지 않고 질문하는 윤아와 현서를
보고 그제야 선재는 웃음을 터뜨렸다.

"너희들 설마 당근에서?"

어리둥절하던 이준이는 윤아와 현서의 속마음을 알아
채고는 놀란 표정을 지었다.

"어머, 이준아, 너 그 표정 알록이가 놀랐을 때랑 똑같아."

아이들은 이준이의 얼굴과 알록이 그림을 번갈아 보며
웃음을 터트렸다.

가을이 담긴 바람이 웃음소리 가득한 교실로 들어왔다. 바람은 웃는 아이들과 고양이 그림을 부드럽게 쓰다듬고 지나갔다.